I0551391

Ernest BOURGES

L'HOTEL DE POMPADOUR

A FONTAINEBLEAU

Yves sc

FONTAINEBLEAU

ERNEST BOURGES, IMPRIMEUR BREVETÉ

32, rue de l'Arbre-Sec, 32

1893

L7k
28419

L'HOTEL DE POMPADOUR

$L.K^7$

28410

DÉPOT LÉGAL
Seine-et-Marne
N° 10
18 93

LES ANCIENNES MAISONS DE FONTAINEBLEAU

L'HOTEL DE POMPADOUR

A FONTAINEBLEAU

PAR

Ernest BOURGES

FONTAINEBLEAU

ERNEST BOURGES, IMPRIMEUR BREVETÉ

32, rue de l'Arbre-Sec, 32

—

1893

PORTAIL DE L'HÔTEL DE POMPADOUR.

L'HOTEL DE POMPADOUR

A FONTAINEBLEAU

Quand on entre à Fontainebleau par le carrefour de l'Obélisque, la première habitation que l'on voit à gauche, portant le nº 3 sur le boulevard Magenta, est l'hôtel de Pompadour, ainsi, du reste, que l'indique l'inscription placée dans un cartouche circulaire au-dessus de la porte d'entrée. Cette porte, d'aspect grandiose, rappelle la manière de l'architecte Gabriel. L'inscription, sculptée en relief en plein bois, avait été effacée en 1793 ; elle a été rétablie, lors d'une récente réparation, par M. Ephrussi. La trace des lettres, hachées hâtivement, a réapparu après l'enlèvement de la peinture ; il a été alors possible de les reconstituer dans leur forme primitive.

D'aucuns affirment que la figure sculptée sur l'élégante clef du cintre du portail serait le portrait de la marquise de Pompadour. C'est possible, vraisemblable même ;

mais comme le fait ne peut être vérifié, nous
ne reproduisons cette assertion que sous
toutes réserves.

Cet hôtel, décoré de peintures par Ver-
berck, formait primitivement un élégant
pavillon carré avec quatre frontons, tel
qu'on peut le voir encore. Il fut construit
en 1747, sur l'emplacement de l'hôtel du
Grand-Navarre, puis de Vendôme, appartenant au roi, qui dès 1744 y avait ajouté un
clos de deux arpents, que l'archevêque de
Sens lui échangea contre l'hôtel d'Ecosse (1),
voisin du jardin de la Mission (2). Cette année
même, on prit pour faire le jardin, de la
terre du Parc (A. N. O¹ 1453). La compagnie
des gardes écossaises, déjà depuis peu dé-
placée une première fois, le fut de nouveau
à cette occasion. Le roi la logea rue Royale
à l'hôtel d'Estrées, qu'il acheta, dans ce but,
du maréchal de Noailles. Les frais de construction, évalués primitivement à 6000 liv.,
se sont élevés à 237,000 liv. 18 sols 6 de-
niers. (M. Leroy, *Dépenses de madame de
Pompadour.*)

(1). Cet hôtel était situé rue Grande et rue des Pins.
Sur son emplacement sont construites les Halles ac-
tuelles.

(2). Le jardin de la Mission occupait toute la place
Centrale actuelle. Il était clos de murs. Après la révolution de 1830, le clergé de la paroisse en a été violem-
ment dépossédé.

A voir ces chiffres on croirait à une construction gigantesque ; il n'en est rien cependant. Voici la description minutieuse qu'en donne le duc de Luynes dans ses *Mémoires*, t. X, p. 8. Un guide Joanne ne dirait pas mieux.

Mercredi, 8 octobre 1749. — J'ai vu aujourd'hui en détail le bâtiment dont j'ai parlé ci-dessus. Il est précisément au bout du jardin de Fontaine-belle-eau, ou le Jardin neuf. On a pratiqué une porte qui ouvre sur le grand chemin de Bourron et vis-à-vis cette porte (1), immédiatement est l'hôtel de Pompadour. On entre par une grande porte cochère dans une assez belle cour. On trouve un pavillon carré de 6 toises sur chaque face. A droite sur la cour est une petite antichambre, de laquelle en tournant à gauche on trouve sur la même face une salle à manger fort jolie. Sur le double de la salle à manger, du côté du jardin, un cabinet d'assemblée à trois croisées, dont deux en face et une sur le côté gauche, assez grand pour y mettre six tables de jeu, orné fort simplement, mais avec goût. Par delà le cabinet, un petit cabinet éclairé par deux croisées, l'une en face et l'autre sur le côté. Entre le petit cabinet et l'antichambre est un escalier fort commode. Au premier palier on trouve à droite et à gauche deux garde-robes en entresol. En haut, une antichambre éclairée par le toit et

(1). C'est la porte murée dont on voit encore les deux pilastres, dans le mur du Jardin anglais.

échauffée par un poêle; elle est commune à
à deux appartements : à droite celui de madame de Pompadour, composé d'une antichambre à une croisée; à droite une garde-
robe pour une femme de chambre; à gauche
un cabinet, sur le double duquel est une garde-
robe de commodité. De cette même antichambre on entre dans une autre chambre pour
madame d'Estrades, où il n'y a point de cabinet; la garde-robe de la femme de chambre
est de l'autre côté de l'antichambre. C'est là
ce qui compose toute la maison. Ces appartements sont simples, mais fort jolis.

A droite en entrant dans la cour, on trouve
une basse-cour qui en est séparée par une muraille; elle est grande et tout autour sont les
bâtiments des écuries et remises.

Vis-à-vis de cette basse-cour, du côté gauche
en entrant, est un petit bâtiment bas et carré,
séparé en quatre cours différentes, pour différentes espèces de poules.

Ces cours sont assez grandes; elles sont
fermées par des treillages; et au milieu de chacune un bassin plein d'eau. Toutes ces cours
sont enfermées par une muraille; on y entre
par deux grilles.

Un peu par delà de ces cours, sur la gauche,
un peu par de là le chemin de Nemours, est un
petit bâtiment composé de deux pièces, qui
servent l'une et l'autre pour la laiterie. Ces
deux pièces sont fort claires et fort bien ac-
commodées pour cet usage. Presque attenant à
ce bâtiment est une étable pour deux ou trois
vaches.

Le jardin, qui est assez grand, est en face de
la maison et s'étend jusqu'à la basse-cour à
la droite et jusqu'au bout du poulailler du côté
gauche; il est tout planté et fort bien distribué
en parterre, salle et bosquet. Il est entièrement fini, habitable et presque entièrement
planté. Comme le jardin ne peut pas donner
d'ombre à présent, on y en a joint un autre, qui
n'en est séparé que par un mur mitoyen. Ce
jardin est au roi et servait à une maison où
sont les bureaux des bâtiments. On laisse un
parterre vis-à-vis cette maison et l'on enferme
dans le jardin de l'hôtel Pompadour un ancien
petit bois où il y a une petite étoile au milieu.
Par de là est un assez grand terrain, qui a aussi
été acquis et qui sera enfermé; c'est pour les
potagers. Comme l'on a ouvert du côté gauche
deux *haha* (1), par où l'on voit le chemin de Nemours, on a fait un palis en dehors, qui conduit au dit chemin, pour empêcher les passants
de venir sur les bords, et les cerfs d'entrer dans
le jardin en sautant les dits haha.

D'autre part, dans les *Jardins anglais et
chinois*, Recueil de la Boissière, publié par
Lerouge, Paris, 1788, on lit :

Le jardin de madame Pompadour à Fontainebleau, du dessin de Lassurance, est noble et
de toute beauté, ayant 67 toises de long sur 60
de large. On doit remarquer le beau parterre de
gazon orné des fleurs les plus rares en feu, et

(1). Les deux sauts de loup qui existent encore.

les petits bois à droite et a gauche du pavillon,
coupés par seize cabinets de différente compo-
sition, autour d'une salle verte qui a 25 toises
de long sur 14 de large. Une petite ménagerie
à gauche du pavillon rend ce lieu plus agréable
encore.

Le plan (1) que nous en donnons, repro-
duction même de celui de Lassurance, obli-
geamment prêté par M. Péan, architecte,
permet de bien juger de l'exactitude de
ces descriptions.

(1). Voir le plan ci-après.

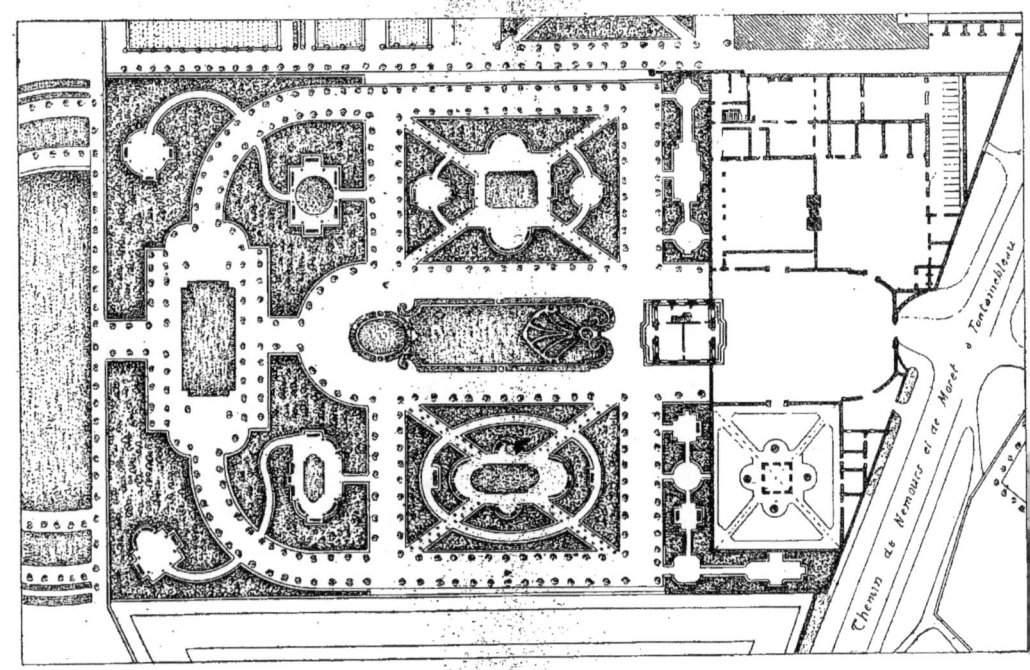

LE JARDIN DE L'HÔTEL DE POMPADOUR

(Gravure de LASSURANCE, extraite de l'Architecte paysagiste, par M. Armand PÉAN ;
Paris, GOIN, éditeur, rue des Écoles.)

* *

On pourrait croire la série des grosses dépenses terminée; il n'en est rien cependant.
Au commencement de l'année 1753 le roi
reçut une lettre ainsi conçue : « Madame de
Pompadour supplie très humblement Votre
Majesté, de lui accorder un brevet du don
du terrain sur lequel on construit son hôtel
à Fontainebleau. »

Et le 25 janvier 1753 le roi écrivait : *Bon*,
de sa main, à la suite de cette très humble
supplique. Le terrain de l'hôtel construit
aux dépens du roi se composait donc d'une
partie de l'ancien hôtel de Vendôme, déjà
donnée, et de 7 arpents 97 perches, près la
Croix Saint-Jacques (le carrefour de l'Obélisque) achetés à vil prix par le frère de la
marquise, le marquis de Marigny, intendant des bâtiments de la Couronne, et re-
vendu par lui au roi, moyennant 75,000 l.(1),
sur l'estimation complaisante de l'architecte
Gabriel. (A. N. O¹ 1431).

(1). Qui ajoutées aux 237,000 livres, prix de la construction, représentent assurément un million et demi,
valeur de notre temps.

Louis XV affectionnait beaucoup ce petit hôtel. Parfois, dès le matin, il s'habillait en tenue de chasse et, au lieu d'aller en forêt courre le cerf, il se rendait à pied chez la marquise, en traversant les « Petits Jardins » (2) et la rue de Nemours. On connaît également les prétentions culinaires du roi. Chez la Pompadour, il se sentait plus à l'aise qu'au palais et souvent, dit d'Argenson, il faisait lui-même sa cuisine pour souper.

Lors de ses séjours à son ermitage, la marquise de Pompadour donna des fêtes nombreuses et variées; une d'un genre à peu près nouveau alors, mérite d'être citée.

Le 3 novembre 1752, jour de la Saint-Hubert, elle fit tirer dans les jardins de son hôtel de Fontainebleau, « un grand feu d'artifice composé d'un corps considérable de pièces, d'une décoration de feu blanc, de deux décorations de feu brillant avec bombes et ballons d'air. Ce feu était l'ouvrage de Morel et Séguin, qui avaient inventé le moyen de tirer d'un seul coup de feu plusieurs pièces d'artifice. »

(2). Le fleuriste actuel, entre le Jardin anglais et le boulevard Magenta.

*
* *

Nous n'avons pas la prétention de faire, dans cette brève monographie locale, une étude sur la marquise de Pompadour. On nous permettra cependant de regretter que tant de personnes ne veuillent voir en elle que l'habile courtisane. Sans doute, d'autre part, son immixtion dans les affaires politiques lui attira une grande impopularité.

Elle avait cependant reçu l'éducation la plus brillante et la plus raffinée ; excellente musicienne, elle apprit le dessin, le pastel, la gravure à la pointe, à l'eau forte et même la gravure sur pierres fines..... tous les arts d'agrément en un mot. Elle avait réuni à grands frais dans ses hôtels de Paris, de Versailles, de Fontainebleau et de Compiègne, un mobilier splendide, formé un cabinet de pierres gravées, qu'elle laissa au roi, et une collection de livres et d'objets d'art, qui passa à son frère. Si elle s'était fait donner une grande fortune, elle faisait, du moins, de son opulence un usage généreux, dotait de pauvres jeunes filles, soulageait des vieillards, réparait des villages, encourageait les artistes et les inventeurs, donnait son nom (style Pompadour) à la recherche du Joli, et protégeait les penseurs et les gens de lettres. Bien qu'elle eut son aumônier, elle donnait au curé de la paroisse de Fontainebleau 120 livres et aux sœurs grises des hospices 120 livres également.

A sa mort, arrivée en 1764, l'hôtel passa à son frère; il le revendit au roi, qui y installa l'hôtel du Gouverneur de Fontainebleau, dont le titre était dans la famille des Montmorin. Le 9 avril 1764, le roi alloua 120,000 livres pour la reconstruction de l'hôtel du Gouvernement.

*
* *

Avant la cession de l'hôtel au roi, a été dressé un : *Procès-verbal d'estimation d'une maison et dépendances appartenant à la succession de madame la marquise de Pompadour, scize à Fontainebleau rue et chemin de Bourron, près et tenant la Croix Saint-Jacques, montant à la somme de 75,000 livres. — En date du 18 octobre 1764.*

Nous croyons devoir le publier *in extenso*, parce qu'il fait bien connaître l'organisation intérieure de l'hôtel. (A. N. O¹ 1429.)

Nous, Ange-Jacques Gabriel, inspecteur général des bâtiments du Roi, premier architecte de S. M. et nous conseiller du Roy, intendant et contrôleur général des bâtiments, jardins, arts et manufactures de Sa Majesté, soussignés, en vertu des ordres à nous adressés par M. le marquis de Marigny, conseiller du Roi en ses conseils, commandeur de ses ordres, directeur et ordonnateur général des bâtiments, jardins, arts, académies et manufactures de S. M., sommes transportés ce jourd'hui 15 octobre 1764 et suivants dans la ville de Fontainebleau, pour y examiner et estimer une maison située rue et chemin de Bouron, près et tenant la Croix-

Saint-Jacques, appartenant à la succession de madame la marquise de Pompadour, que Sa Majesté veut acquérir pour en former l'hôtel de sa Capitainerie.

Où étant arrivés, nous avons trouvé ledit hôtel composé d'un pavillon entre cour et jardin, à droite de la cour principale quatre cours servant aux écuries et remises et deux autres cours pour les cuisines et offices ; à gauche de ladite cour principale, un terrain renfermé de murs dans lequel sont des petits bâtiments à l'usage de laiterie, vacherie et poulailler. Le surplus de tout le terrain dépendant du dit hôtel appliqué en jardin de propreté et potager... Tenant ledit hôtel d'un côté par la face d'entrée au grand chemin de Bourron, d'autre côté par la face du bout du jardin et du potager aux friches et bruyères appartenant au Roy, d'un bout à la Croix Saint-Jacques et aux friches sur le chemin de Malzerbes et d'autre bout à l'hôtel de Vendôme appartenant au Roy, au jardin de l'hôtel de Savoye et à des friches appartenant à divers particuliers.

Ensuite nous avons procédé à la description et reconnaissance des constructions tant intérieures qu'extérieures de tous les bâtiments composant ledit hôtel.

Murs de cloture...

Cour pavée dans toute sa superficie...

Porte cochère d'entrée sur la rue, construite jusques sous la plinthe en gresserie et l'exhaussement et corniche cintrée en pierre de Saint-Leu, couverte en plomb, la porte décorée de pilastres avec consoles et vases. La porte de menuiserie à compartiments avec cadres, garnie de serrures, verrouil et espagnolettes, le tout en très bon état. Plus aux deux côtés de ladite porte deux consoles en fer qui portent des lanternes...

Pavillon élevé d'un rez-de-chaussée et attique au-dessus, couronné d'une balustrade, avec comble à l'italienne couvert en ardoises... Ce pavillon construit en ses quatre faces avec deux assises en grès, le surplus en maçonnerie de moellon à mortier de chaux et sable, décoré dans chaque face d'avant corps avec refends et aux encoignures dans la hauteur du rez-de-chaussée et de pilastres dans la hauteur d'attique, couronné d'un fronton dans le corps du milieu, renfermant des armoiries de différents sujets. Les portes et croisées du rez-de-chaussée avec chambranles et agrafes sculptés, le tout en plâtre, la balustrade terminant ce pavillon en pierre de Saint-Leu avec vases sculptés sur les piédestaux. Les perrons comprenant toute la face, tant du côté de la cour que du côté du jardin, en gresserie.

Pièce d'entrée du milieu au rez-de-chaussée, boisée à hauteur de lambris, chambranles aux portes, cheminée et foyer en marbre du Languedoc, dessus de cheminée à bordure dorée, panneau au-dessus sculpté, renfermant deux glaces. Carrelage en carreau de marbre blanc et noir avec frise tout au pourtour en marbre du Languedoc.

Pièce de compagnie ensuite donnant sur le jardin. Boisée à hauteur de lambris à grands cadres, portes à placards avec chambranles,

cheminée et foyer en marbre de Califourny (*sic*),
un dessus de cheminée avec bordure dorée et
sculptée, panneaux au-dessus avec agrafes,
oreilles et guirlandes sculptées et dorées, deux
glaces. Un trumeau entre les deux croisées sur
le jardin, de même décoration que le dessus de
cheminée, renfermant deux glaces ; au-dessous
du dit trumeau une table de marbre de Califourny avec piédouche sculpté et doré. Ladite
pièce parquetée avec plafond en corniche sculptée en plâtre.

Petit cabinet à côté, boisé à hauteur, avec
lambris à petit cadre...

Passage du petit cabinet au degré...

Par de là le degré, pièce de dégagement,
boisée à hauteur avec sculptures sur le chambranles. Carrelage de carreaux de marbre blanc
et de couleur, avec frise au pourtour en marbre
de vert Campan, de même que les carreaux de
remplissage.

Entresol, deux petits cabinets, dont l'un,
ayant vue sur le jardin, décoré de lambris à
hauteur, peints de différents sujets dans les
panneaux.

Etage attique (*sic*)... distribué en une antichambre commune et deux appartements, dont
un avec cabinet particulier et à chacun un lieu
pour chaise et garde-robe de domestique. La
dite antichambre boisée à hauteur de lambris
à petits cadres, éclairée d'une lanterne, carrelée
en carreaux de terre cuite et palafonnée d'une
corniche en plâtre.

La chambre du premier appartement, éclairée
sur le jardin, boisée de lambris de hauteur,

LE PAVILLON DE POMPADOUR

(Façade sur les jardins.)

cheminée et foyer de marbre vert de Campan, le dessus de cheminée avec bordure sculptée et dorée renfermant une glace de 42 pouces de largeur sur 58 pouces de hauteur (1). Ladite pièce parquetée, plafonnée avec corniche en plâtre.

Cabinet à côté de ladite chambre, lambris à grands cadres, cheminée en marbre d'Antin, dessus de cheminée avec bordure décorée d'oreilles et d'agrafes en coquilles sculptées, le tout doré. Ledit cabinet parqueté et plafonné.

La chambre du second appartement ayant vue sur la cour, boisée à hauteur avec lambris à grand cadres, cheminée et foyer en marbre de Califourny, avec dessus de cheminée dans sa bordure dorée renfermant une glace de 42 p. de largeur sur 57 p. de hauteur. Parquetée avec plafond et corniche en plâtre.

Deux garde-robes de domestiques...

A droite et à gauche de ce principal pavillon, deux autres pavillons élevés par le côté de la cour d'un rez-de-chaussée et mansarde au-dessus.

Le pavillon de gauche est appliqué [destiné] à une salle à manger (2). Dans la hauteur du rez-de-chaussée et de la mansarde et celui de droite à un passage au rez-de-chaussée qui conduit à la cour des cuisines et au-dessus à une petite galerie servant de bibliothèque, boisée à hauteur, avec armoires et tablettes pour les livres, parquetée et plafonnée.

----

(1). 1ᵐ 08 × 1ᵐ 57.

(2). Construction ajoutée après coup au côté S.-O. du pavillon.

Ladite bibliothèque de plain-pied et communiquant aux entresols du principal pavillon.

Lesdits pavillons avec façades revêtues et décorées d'un treillage formant avant-corps, orné d'arcades, pilastres, panneaux, bandeaux, consoles avec guirlandes, corniche et socle au-dessus, et symétrisant pour l'autre côté avec la salle à manger, un cabinet de verdure en treillage peint en vert de même décoration et ornements que celui opposé.

La salle à manger boisée à hauteur du lambris à grands cadres, panneaux au-dessus des portes sculptées avec trophées, chambranles aux croisées avec agrafes ou sculptures, cheminée et foyer en marbre de serancolin et dans ladite cheminée un poêle en fayence avec devanture de tôle. Le dessus de la cheminée avec bordure sculptée et dorée, renfermant deux glaces... Un grand buffet en bas d'armoire en bois de chêne à panneaux, recouvert d'une table de marbre du Languedoc, un grand tableau au-dessus dudit buffet, peint sur toile, représentant une vue de l'hôtel de Pompadour à Paris (1), dans sa bordure sculptée et dorée; ladite pièce de grands et petits carreaux de marbre blanc et noir, le tout plafonné avec corniche sculptée dans les angles et milieu représentant des enfants.

Nombreux bâtiments de service : cuisines, offices, écuries, remises, logements de domestiques séparés par plusieurs cours... pavillon de concierge...

(1). Rue de Grenelle Saint-Germain, à côté du monastère des filles de Sainte-Valère.

Jardin particulier des poules et laiterie, divisé en quatre compartiments de châssis de menuiserie; dans chaque compartiment un bassin construit en briques, revêtu en plomb, conduites d'eau, robinetterie, etc. Un pavillon carré au milieu dudit jardin servant aux poules, décoré de pilastres et pans coupés en refend dans les angles.

En face du pavillon un bâtiment servant à la laiterie... agencement spécial — adossé à la laiterie, une petite écurie destinée à recevoir des chèvres.

Jardins...

Au dehors, au fond du jardin, au delà de la grille, grande partie de terrain vague formée en demi-lune par deux rangs d'ormes entourés d'un treillage d'appui, défendue par un fossé à sec, de laquelle partie circulaire naissent trois allées chacune d'un rang d'arbres qui conduisent dans la campagne, fermées de barrières pour en défendre l'entrée.

Contenance totale, 7 arpents 97 perches. — Estimation suivant détail : 75,000 livres.

Signé : GABRIEL, BILLAUDEL, GABUS.
1er arch.   Intend.   Contrôl.

Malgré l'opulence de la succession qu'il avait recueillie, le marquis de Marigny éleva des réclamations au sujet de quelques menus objets. Il présenta un *État des effets restés à l'ancien hôtel de Pompadour à distraire de la vente dudit hôtel comme n'en faisant pas partie, savoir :* une devanture

d'armoire, un bas de buffet, un tableau représentant l'hôtel de Pompadour à Paris,
divers ustensiles de cuisine et d'écurie, des
outils de jardinage, et jusqu'à deux paires
de ciseaux de cuisine, formant un total de
2,139 livres 6 sols, plus 16 glaces estimées
4,000 livres.

Cette demande ne fut pas accueillie. En
marge du mémoire est écrit : « *Nota*. —
» Que le mémoire m'a été envoyé par le
» marquis de Marigny qui croyait que ces
» effets n'étaient pas compris dans la vente
» de l'hôtel de Pompadour et qui croyait
» que l'argent devait lui en revenir, mais
» il a vu sur le contrat de vente que ces
» effets avaient été vendus avec la mai-
» son. ».

***

Jusqu'à la Révolution le marquis de
Montmorin, puis le comte, son fils, joui-
rent paisiblement de l'hôtel et y donnèrent
de brillantes fêtes auxquelles ne dédai-
gnaient pas d'assister les princes du sang.

Nous avons trace d'une de ces fêtes don-
nées en 1775 à Monsieur, frère du Roi, et à
Madame, au retour d'un voyage que LL. AA.
venaient de faire en Savoie. La fête fut
agrémentée par la première représentation
du *Mariage impromptu*, de Famin (1), pièce
de circonstance, qui eut à son époque un
succès d'hilarité, tant nos pères se con-
tentaient de sujets simples et naïfs. Ainsi
on y chantait des couplets comme celui-ci
sur l'air : *Réveillez-vous, Belle endormie :*

> J'ai vu le prince que j'adore,
> J'ai senti mes pleurs se tarir ;
> Et si j'en répandais encore
> Ce ne serait que de plaisir.

(1). FAMIN, physicien et poète (1740-1830), ancien curé
de Samois, attaché à l'éducation des fils du duc d'Or-
léans (Philippe-Egalité), a publié quelques ouvrages de
physique et des écrits purement littéraires, réunis
en 1820 en un volume sous ce titre : *Mes Opuscules et
Amusements littéraires.*

ou bien encore, cet autre sur l'air : *Philis
demande son portrait :*

> Soyez ici les bienvenus,
>   Mon prince, ma princesse;
> Esprit, beauté, grâces, vertus,
>   En vous tout intéresse.

Et dire que cette candide pastorale a été
réimprimée quarante-cinq ans après, en
1820. Cette réimpression est accompagnée
d'un avis de l'auteur portant : « Sa Majesté Louis XVIII ne se doute guère que
l'auteur de cette pièce représentée en sa
présence, à l'hôtel du Gouvernement à Fontainebleau, en 1775, est encore vivant. »

.*.

A la Révolution, les scellés furent mis
sur l'hôtel du Gouvernement, puis son possesseur le comte de Montmorin, ancien
maire de Fontainebleau, ayant péri dans
les massacres de septembre 1792, l'hôtel
fut saisi comme bien national de première
origine et mis en vente au district de Me-
lun. Il était ainsi désigné :

Une maison et ses dépendances, ci-devant
connue sous le nom de maison du gouvernement, sise territoire et commune de Fontainebleau, rue de la Liberté, consistant : 1º En un
corps de bâtiment composé d'un rez-de-chaussée avec un premier étage en mansarde, et
d'un beau pavillon dans lequel sont plusieurs
pièces parquetées et boisées, avec cheminées
garnies de leurs plaques en fonte, chambranles
de marbres de différentes espèces; 2º en plusieurs jardins, l'un desquels servant de potager et planté d'arbres fruitiers à hautes tiges et
en espalier et y sont pratiquées deux resserres,
un autre desquels jardins formant parterre
avec bosquets est planté d'arbres d'essences
d'ormes et de tilleuls; 3º en plusieurs cours
où se trouvent des puits, écuries et remises
spacieuses.

La vente se fit le 9 prairial an III (28 mai 1795) ; quatre enchérisseurs se présentèrent : Lesieur, offrant 100,000 livres, — Barthélemy, 150,000, — Lesieur, 171,000, Guilleminet, 180,000, — Lesieur, 193,000, Ducy, 200,000, — enfin Louis-François Guilleminet, le jeune, marchand à Fontainebleau, rue de l'Egalité (Grande-Rue), fut déclaré adjudicataire, au prix de 202,200 livres, assignats bien entendu. (*Arch. dép.* B. Carton 75, dossier 33.)

Lors de cette vente, une erreur fut commise. On y avait compris la demi-lune établie à l'extrémité du jardin principal et comme on en voit l'amorce sur le plan de Lassurance et dont il est parlé dans le procès-verbal d'estimation publié ci-dessus. Il ne fut pas difficile de faire reconnaître à l'acquéreur que ce terrain était hors des murs de la propriété. L'affaire s'arrangea amiablement.

Le 24 messidor suivant (12 juillet 1795), par acte passé devant M° Lisle, notaire à Fontainebleau, Guilleminet revend l'hôtel Pompadour à un nommé Benjamin, fabricant de porcelaines, moyennant 50,050 livres, toujours en assignats.

En l'an VIII, le 8 vendémiaire (30 septembre 1799), l'hôtel est divisé en trois

parties dont deux, les bâtiments sur le
boulevard, restant de l'ancien hôtel et du
Gouvernement, dont ils formaient les com-
mnns, écuries et remises, sont distraites en
faveur de Benjamin et de Aaron Schmoll, ce
dernier, beau-père de Baruch Weil, également fabricant de porcelaines (maison
Chenvière).

M. Lefeuvre (Claude-François), chancelier
de la 1ʳᵉ cohorte de la Légion d'honneur et
sa femme, Maximilienne-Aymardine Mol-
lier, épouse divorcée d'avec Joseph Héme-
lot, achètent l'hôtel principal (acte Marti-
non, not. à Paris), moyennant 20,000 fr.
plus une ferme.

Par acte du 13 mars 1808 (Mᵉ Hugart,
notaire à Paris), Alexandre Berthier, prince
de Wagram et duc souverain de Neufchâtel,
en devient acquéreur moyennant 100,000 fr.
Pour justifier ce prix, M. et Mᵐᵉ Lefeuvre
ont exposé dans l'acte que, lors de leur ac-
quisition, l'hôtel était dans un grand état
de délabrement et qu'ils y ont fait d'im-
portants travaux de réparation.

Le 8 décembre 1810, le prince de Wagram achète de Baruch Weil et d'Hélène
Schoubach, son épouse, la maison distraite
de la propriété en l'an VIII et la fabrique
de porcelaine est transférée rue de Ferrare

dans l'ancien hôtel des Ecuries de la Reine
mère, appartenant alors au général comte
Durosnel. Vendue depuis à Jacob Petit et à
Mardochée Petit, elle fut réinstallée le
7 juin 1851 aux Basses-Loges, dans l'an-
cienne propriété d'Etienne Bezout, dont le
jardin provenait de la propriété des Carmes.
Ils eurent pour successeur le statuaire Jacquemin, précédemment leur employé, qui
avait appris le dessin sous la direction du
peintre Vinchon (1).

Après la mort du prince de Wagram, la
propriété fut mise en vente en deux lots :
1° l'hôtel proprement dit et ses dépendances; 2° la maison acquise de Baruch
Weil, achetée 1,200 francs, mais que le
prince avait dû payer 33,000 francs pour
la joindre à nouveau à sa propriété. Les
deux lots réunis furent adjugés le 30 novembre 1820, (Me Rousse, notaire à Paris),
moyennant 46,500 francs, à François Voisin, docteur médecin à Versailles, qui dé-
clara avoir enchéri au nom de M. Ferdi-
nand-Elie Randon, baron d'Hanneucourt,
ancien commandant de la vénerie royale,

---

(1). Jacquemin nous disait en 1861 que si les anciens
registres de la maison qui avaient disparu pouvaient
être retrouvés, on y rencontrerait d'intéressants détails
sur la manufacture de porcelaine très anciennement
établie à Fontainebleau et qui en un temps porta le
nom de manufacture royale.

dont un carrefour de la forêt porte le nom.

Les jardins de l'hôtel Pompadour, du temps du baron d'Hanneucourt, furent cités pour leur beauté; ils renfermaient de nombreuses collections d'arbustes et de fleurs de pleine terre du plus bel aspect. Dans les serres se trouvaient de magnifiques collections de bruyères et de camellias. De grandes quantités de rosiers ornaient les parterres et au mois de septembre 1835 on y voyait plus de 2,000 dahlias, alors dans toute leur nouveauté, dont beaucoup étaient venus d'Angleterre et certains obtenus de semis. Et tous ces végétaux, en pleine vigueur, croissaient dans un terrain léger, sablonneux où ils étaient susceptibles d'être fatigués par la sécheresse. (*Annales d'horticulture*, 1836.)

En 1821, le baron d'Hanneucourt sépara, de nouveau et définitivement, de l'hôtel Pompadour les bâtiments vendus une première fois en 1810 à Benjamin, Schmoll et Baruch-Weil (1). Ils sont depuis 1835 la pro-

---

(1). Benjamin, Aron Schmoll et Baruch-Weil, ont laissé dans la communauté israélite de Paris des souvenirs qui ne sont pas encore, malgré le temps écoulé, complètement effacés.

Benjamin, fournisseur des armées républicaines et impériales, était proche parent de la famille Cerfbeer.

Aron Schmoll, qui fut jadis dans une situation brillante, a été longtemps à la tête de la communauté israélite de Paris.

Baruch-Weil était le père de l'huissier Gadchaux-

priété de la famille Chenvière, qui, aux lieu et place d'une manufacture de porcelaine, y a établi une fabrique de toiles et calicots.

En 1844, le marquis de Besplas, gendre du baron d'Hanneucourt, vend l'hôtel au marquis de Nicolay (acte Mᵉ Viefville, not. à Paris). Ce dernier, qui résidait en Suisse, à Genève, l'a laissé dans l'abandon le plus complet, comme il avait fait pour ses châteaux de Courances et de Bercy et le vendit le 30 juin 1855 (actes Mᵒˢ du Rousset, not. à Paris, et Gaultry, not. à Fontainebleau), au comte de Bernis, qui le garda jusqu'au 24 août 1863, date à laquelle il le céda à M. de Laurencel.(Acte Mᵒ P. Gaultry.) Homme aussi aimable que distingué, le comte de Bernis a laissé d'excellents souvenirs à Fontainebleau où il fonda les courses avec le

Weil qui avait pris en littérature, le pseudonyme de Bon-Lévy et qui est l'auteur d'un livre d'éducation israélite estimé : *Les matinées du samedi. (Archives israélites*, 27 octobre 1892.)

Nous sommes au regret de ne pouvoir donner plus de renseignements sur les travailleurs de cette manufactures qui fut très prospère et donna de jolies imitations des produits de Saxe. Nous ne terminerons pas cependant sans citer les noms de quelques membres de cette colonies d'artistes israélites que nous trouvons sur les registres de l'état civil. Le 6 mars 1805, le polonais Salomon Bir, employé à la manufacture épousait Hindlé Cahen, de Metz. — Ses témoins étaient Lazare Weil également employé à la manufacture et Alcan, peintre en miniature,   '

vicomte Henri Greffulhe et le baron de la Rochette.

M. de Laurencel le conserva quelques années et y fit de nombreux embellissements; une mort prématurée vint le surprendre avant qu'il ait pu achever son œuvre.

Il fut remplacé par M. Michel Ephrussi qui le quitta naguère pour aller résider dans les châteaux de Sivry et de Vaux-le-Pénil.

Le propriétaire actuel est le comte de Gramont d'Aster, possesseur du château du Bréau, près de Dammarie-les-Lys, que les chasses et le voisinage du château de Bourron, où habite son beau-père, le comte de Montesquiou, attirent souvent à Fontainebleau.

TABLE

FONTAINEBLEAU. — E. Bourges, imp. breveté.

239

www.ingramcontent.com/pod-product-compliance
Lightning Source LLC
Chambersburg PA
CBHW060852180626
46818CB00004B/1676